獻給圖書館員，感謝他們給小老鼠一個家；也獻給所有為別人敞開自家大門的人。──喬納森·史塔茲曼
獻給我工作室的夥伴，皮奇和瓦倫蒂娜。皮奇又圓又大的雙眼超療癒，帶給我靈感。
瓦倫蒂娜喜歡老鼠，真老鼠和紙做的她都喜歡。──伊莎貝爾·阿瑟諾

Thinking 077
小鼠文森的神奇大房子

作者｜喬納森·史塔茲曼 Jonathan Stutzman
繪者｜伊莎貝爾·阿瑟諾 Isabelle Arsenault
翻譯｜黃聿君

字畝文化創意有限公司

社長兼總編輯｜馮季眉
責任編輯｜巫佳蓮
主編｜許雅筑、鄭倖伃
編輯｜戴鈺娟、陳心方、李培如、賴韻如
美術設計｜劉曉樺

2022年11月　初版一刷　2024年4月　初版二刷
定價360元　書號｜XBTH0077
ISBN｜978-626-7069-66-0

出版｜字畝文化／遠足文化事業股份有限公司
發行｜遠足文化事業股份有限公司（讀書共和國出版集團）
地址｜231新北市新店區民權路108-2號9樓
電話｜(02)2218-1417　傳真｜(02)8667-1065
客服信箱｜service@bookrep.com.tw
網路書店｜www.bookrep.com.tw
團體訂購請洽業務部 (02) 2218-1417 分機1124
法律顧問｜華洋法律事務所 蘇文生律師

特別聲明：有關本書中的言論內容，不代表本公司／
出版集團之立場與意見，文責由作者自行承擔。

The Mouse Who Carried a House on His Back

小鼠文森的神奇大房子/
喬納森.史塔茲曼(Jonathan Stutzman)文 ；
伊莎貝爾.阿瑟諾(Isabelle Arsenault)圖 ；
黃聿君譯. -- 初版. -- 新北市：字畝文化創
意有限公司出版：遠足文化事業股份有限
公司發行, 2022.11 48面 ； 23x27公分
譯自：The Mouse Who Carried a House on
His Back
ISBN 978-626-7069-66-0（精裝）

874.599　　　　　　　111005089

小鼠文森的
神奇大房子

文／喬納森·史塔茲曼 Jonathan Stutzman

圖／伊莎貝爾·阿瑟諾 Isabelle Arsenault

譯／黃聿君

文森是一隻小老鼠，他穿著靴子，
戴著帽子，背著房子，四處旅行。

文森走過長長的旅途，住過好多地方。
今天，他要在這裡住下。
因為，他知道這裡是他該停留的地方。

文森腳下的山丘平凡無奇，
有高高綠綠的草叢，有平坦的小徑，
還看得到寬廣無垠的天空。

文森脫下靴子，
摘下帽子，
最後，他放下背上的房子。

沒過多久，就有旅客沿著小徑，
一路跳過來。

「您好！」文森說。

「哪裡好了？」牛蛙氣呼呼的嘓嘓大叫：
「我一大清早就開始跳跳跳，
腿已經痠到跳不動了。」

「既然累了，」
文森說：「要不要到我家歇歇腿？」

「你家？」牛蛙不屑的說：
「這麼小的屋子，我哪可能塞得進去？」

可ㄎㄜˇ是ㄕˋ牛ㄋㄧㄡˊ蛙ㄨㄚ錯ㄘㄨㄛˋ了ㄌㄜˊ。
文ㄨㄣˊ森ㄙㄣ的ㄉㄜˊ屋ㄨ子ㄗˇ看ㄎㄢˋ起ㄑㄧˇ來ㄌㄞˊ小ㄒㄧㄠˇ，裡ㄌㄧˇ面ㄇㄧㄢˋ卻ㄑㄩㄝˋ寬ㄎㄨㄢ敞ㄔㄤˇ無ㄨˊ比ㄅㄧˇ。

日正當中，一隻貓咪躡手躡腳的路過。

「你看起來是一隻好老鼠，」貓喵喵叫著：
「不過我走了好久的路，肚子餓得受不了，
拿你當點心吃剛剛好。」

「我覺得這樣不太好，」文森有禮貌的回答：
「與其把我當點心，不如我們一起吃點心？
新鮮蜂蜜和熱牛奶已經準備好了。」

「太棒了，」貓咪很開心，呼嚕呼嚕的說：
「聽起來美味極了！
可是，我塞不進你家餐廳吧？」

貓咪錯了。
文森的屋子看起來小，裡面卻寬敞無比。

多一隻飢腸轆轆的貓咪也沒問題。

西邊的天空狂風大作，雲朵翻騰，
吹來了刺蝟一家。
他們一個接著一個來，
全都被暴風雨淋得一身溼、吹得一身亂。

「山谷那邊的天氣糟透了。」
最小的刺蝟吱吱的說。

「請進！請進！」文森微笑著說：
「裡面生了火，還有溫暖的床舖和棉被。」

「你真好，」刺蝟家族一面發抖一面說：
「可是你家太小了，裝不下我們這麼多刺蝟。」

當ㄉㄤ然ㄖㄢˊ囉ㄌㄛ，刺ㄘˋ蝟ㄨㄟˋ家ㄐㄧㄚ族ㄗㄨˊ錯ㄘㄨㄛˋ了ㄌㄜ。

好多動物來到山丘。
有一隻狐狸、兩隻獾、一群鹿。
他們全都旅途勞累，
需要溫暖的地方休息吃東西。

文森——邀請他們進屋。

文ㄨㄣ森ㄙㄣ的ㄉㄜ屋ㄨ子ㄗ和ㄏㄜ客ㄎㄜ人ㄖㄣ一ㄧ樣ㄧㄤ，
變ㄅㄧㄢ得ㄉㄜ愈ㄩ來ㄌㄞ愈ㄩ多ㄉㄨㄛ。

明亮的屋子裡有好多客人，
洋溢著溫暖，剛烤好的甜點香氣瀰漫。
晚餐才擺上桌，敲門聲就傳來。

外面，夜色已經降臨，一隻大熊在黑暗中現身。
「我迷路了，」大熊低吼著說：「我離家好遠，肚子好餓。」

「別擔心，今晚你就在這裡過夜吧！」
文森開心的說。

「不可以！」屋子裡的動物大喊，
紛紛擋住門口， 不讓大熊進來。

外面一片漆黑， 那些動物嚇壞了，
不願意跟那麼大又那麼餓的熊待在同一間屋子裡。

「不要讓他進來！」牛蛙嘓嘓的說。
「我們會被他吃掉！」貓咪憤怒的吼。
「或是被他擠扁！」刺蝟家族大喊。
「沒錯，」其他動物異口同聲的說：
「這裡沒有大熊的位子。」

文森抬頭挺胸，站得直挺挺的。
「這是我的家，」
文森說：「所有的動物都歡迎進來。」

「親愛的小老鼠，」
大熊輕聲回答：
「我不想打擾大家，也不想惹麻煩。
你家的確比我想像中的大，
可是小老鼠的家再大，也容不下我這隻大熊。」

文ㄨㄣˊ森ㄙㄣ牽ㄑㄧㄢ起ㄑㄧˇ大ㄉㄚˋ熊ㄒㄩㄥˊ的ㄉㄜ˙
大ㄉㄚˋ手ㄕㄡˇ，「這ㄓㄜˋ裡ㄌㄧˇ永ㄩㄥˇ
遠ㄩㄢˇ有ㄧㄡˇ位ㄨㄟˋ子ㄗ˙。」
一ㄧ隻ㄓ疲ㄆㄧˊ憊ㄅㄟˋ的ㄉㄜ˙牛ㄋㄧㄡˊ蛙ㄨㄚ、
一ㄧ隻ㄓ飢ㄐㄧ腸ㄔㄤˊ轆ㄌㄨˋ轆ㄌㄨˋ的ㄉㄜ˙貓ㄇㄠ咪ㄇㄧ、
溼ㄕ淋ㄌㄧㄣˊ淋ㄌㄧㄣˊ的ㄉㄜ˙刺ㄘˋ蝟ㄨㄟˋ家ㄐㄧㄚ族ㄗㄨˊ、
一ㄧ隻ㄓ狐ㄏㄨˊ狸ㄌㄧˊ、兩ㄌㄧㄤˇ隻ㄓ獾ㄏㄨㄢ、一ㄧ群ㄑㄩㄣˊ鹿ㄌㄨˋ，
甚ㄕㄣˋ至ㄓˋ一ㄧ隻ㄓ不ㄅㄨˋ怎ㄗㄣˇ麼ㄇㄜ˙嚇ㄒㄧㄚˋ人ㄖㄣˊ
又ㄧㄡˋ離ㄌㄧˊ家ㄐㄧㄚ很ㄏㄣˇ遠ㄩㄢˇ的ㄉㄜ˙大ㄉㄚˋ熊ㄒㄩㄥˊ，
都ㄉㄡ能ㄋㄥˊ在ㄗㄞˋ這ㄓㄜˋ裡ㄌㄧˇ找ㄓㄠˇ到ㄉㄠˋ位ㄨㄟˋ子ㄗ˙。

那天晚上，在寬廣無垠的夜空下，
大家在山丘上的房子裡過夜。
那裡溫暖舒適，
有好多好多蜂蜜和熱牛奶。

第二天早上，
大家一一跟文森握手道別。
他們一個接一個，
握著文森小小的手掌說：「謝謝。」
然後一個接著一個離開。

大熊是最後一個。

家裡變得空蕩蕩，於是文森收起房子。

文森這輩子走過長長的旅途，
不過，他總是知道接下來該往哪裡去。

於是，文森再次動身出發。

一隻小老鼠，
穿著靴子，
戴著帽子，
背著房子四處旅行。